Brigitta Rudolf

Lieber Jonny…

AF193962

1

Brigitta Rudolf

Lieber Jonny…

Eine Liebeserklärung an einen ganz besonderen Kater

© 2021 Rudolf, Brigitta
Herstellung und Verlag: BoD – Books on Demand,
Norderstedt
ISBN: 9783752683516

Inhaltsverzeichnis

Jonny

Mau - ich bin Jonny, der „Kater, wie er im Buche steht" - kennt Ihr vielleicht schon, oder?

Mein Tipp: Falls nicht, solltet Ihr das unbedingt nachholen!

Meine Katzenmama Brigitta und ich haben nämlich gemeinsam aufgeschrieben wie das war, als ich zu Manfred und ihr gekommen bin. Dazu noch `ne Menge was wir so zusammen erlebt haben. Klasse, was? Ein eigenes Buch hat schließlich nicht jeder Kater!

Aber deswegen bin ich doch der alte Jonny geblieben - keine Sorge! Äußerlich sowieso; ich habe noch kein weißes Haar in meinem Pelz. Nur den kleinen weißen Fleck vor der Brust, aber das zählt nicht, den hatte ich schon immer.

Ich bin jetzt schon einige Jahre hier und fühle mich gut aufgehoben bei meinen Katzeneltern Manfred und Brigitta. Ich bin hier in der Straße der dienstälteste Kater. Alle anderen kamen nach mir, aber ich vertrage mich mit allen gut. Mein bester Kumpel ist nach wie vor Motte und wir haben viel Spaß zusammen – nur gut, dass Brigitta nicht immer alles weiß!

Sie hält mich nämlich für den allerliebsten, allerschönsten und vor allem allerbravsten

Kater der Welt! Nicht weitersagen, aber sie weiß ja nicht, dass ich manchmal nachts, wenn ich allein unten bin, doch über die Arbeitsplatte in der Küche marschiere oder schon mal auf den Esstisch springe. Das ist nämlich allerstrengstens verboten! Man darf sich nur nicht erwischen lassen, meine ich. Ich weiß auch, wie die dicken Pfötchenabdrücke seinerzeit auf die Dunstabzugshaube gekommen sind – das war ich nicht, aber ich verrate doch keinen Kumpel! Bei meiner Katerehre...

Wie alle meine Artgenossen habe ich die Lizenz. Welche wollt Ihr wissen? Na, die Lizenz zum Töten natürlich! Nehme ich aber nur ganz selten für mich in Anspruch, obwohl die für alles gilt, was ich so fangen kann. Aber meistens bin ich nachsichtig mit den Mäusen und dem anderen Getier in meinem Revier. Ist mir einfach zu anstrengend und lohnt die Mühe nicht. Keine Angst, Euch tu´ ich sowieso nix!

Ihr könnt mir wirklich glauben, dass meine

liebe Katzenmama Brigitta und mein Katzenpapa Manfred richtig froh waren, als ich gekommen bin und ihr Leben in meine Samtpfoten genommen habe. Seitdem ist hier immer was los, dafür sorge ich schon.

Ich habe immer viel zu tun! Morgens beginnt mein Tag meistens damit, dass ich nach dem ersten Körnchenfrühstück in der Nachbarschaft nach dem Rechten sehe. Ist das erledigt, komme ich zurück und frühstücke, meistens mit Manfred, ein zweites Mal. Danach gehe ich Brigitta wecken und wenn die runterkommt, dann gibt`s den ersten Löffel Nassfutter des Tages. Bevor sie aus dem Haus geht, noch ein Leckerli und dann ist erst mal eine Runde ausruhen angesagt. Dazu habe ich ja im Haus Möglichkeiten genug.

Meine beiden Dosenöffner sind schwer in Ordnung und verwöhnen mich nach Strich und Faden, dafür liebe ich sie sehr und nehme auch in Kauf, dass es einiges gibt, was ich nicht so an ihnen mag. Zum Beispiel können sie es einfach nicht lassen, mich immer wieder mit der doofen Wurmkur zu ärgern. Brauche ich die wirklich? Ich fresse doch keine Mäuse, dass wissen sie doch. Dass ich im Dunkeln nicht mehr raus darf ist auch so eine Sache, aber dann haben sie zu viel Angst, dass mir was passieren könnte. So`n Quatsch! Ich bin doch ein ausgewachsener Kater und kann ganz gut auf mich aufpassen! Na ja, sie meinen es ja nur gut, das weiß ich ganz genau, und deswegen bin ich ihnen ja auch nicht böse deswegen. So ist es eben, wenn man sich entschließt mit Menschen zusammenzuziehen! Für mich ist das aber schon richtig so. Ich bin ganz gerne ein Hauskater – das ist viel bequemer!

Meine Kumpels dürfen auch jederzeit kommen. Manchmal sogar, wenn ich nicht zuhause bin. Die kennen alle meine Katzenklappe und wo in der Küche meine Futternäpfe stehen, das wissen sie auch alle. Ich bin eben gastfreundlich und meine Dosis auch!

Überhaupt, ich bin echt froh, dass ich hier wieder ein gemütliches Zuhause gefunden habe. Ich war ´ne Zeitlang unfreiwillig auf der Walz. Das war nicht schön, dass kann ich Euch aber sagen! Was ich da erlebt habe, kann ich gar nicht alles erzählen, will ich auch nicht!

Viele Menschen mögen Tiere nicht und jagen uns weg oder noch Schlimmeres, aber uns gehört die Erde genauso wie Euch Menschen; schreibt Euch das gefälligst mal hinter die Ohren, damit Ihr das auch ja nicht mehr vergesst!!!

Euer Jonny

K.-u.-K.-Monarchie

Sie denken wohl, die Monarchie sei in Deutschland abgeschafft worden und das schon vor langer Zeit. Weit gefehlt, bei uns ist sie lebendiger denn je, die Katzen- und Kindermonarchie! Im letzten Jahr hatte unser Kater Jonny die große Ehre, zum König der Straße ernannt zu werden. Seitdem herrscht er nicht nur bei uns zuhause, das tat er vorher auch, sondern sein Machtbereich hat sich dadurch beträchtlich vergrößert! Jonny ist ein ausgesprochen gnädiger und toleranter König und lässt allen anderen Katzen und Kindern weitestgehend ihren freien Willen. So ist unser Haus gelegentlich eine richtige „Katzenburg". Dann kommt es vor, dass König Jonny auf einem seiner Lieblingsplätze im Wohnzimmer, zum Beispiel auf dem antiken Sofa, träumt, während Motte sich in einer anderen Ecke mit Jonny´s ganz neuem Baldriankissen vergnügt. Zeitgleich sind Tiger und Justus in der Küche dabei, gemeinsam den

Fressnapf seiner Majestät zu leeren. Auch in der oberen Etage, in meinem Zimmer, eigentlich ist das Jonnys bevorzugter Rückzugsort, wurden die anderen Kater schon gesichtet. Im letzten Advent habe ich Tiger sogar dabei erwischt, wie er auf der Anrichte im Esszimmer ganz ruhig schlief – mitten zwischen meinem Lieblingsengel und dem großen roten Schlitten. Natürlich ist das nicht erlaubt, aber wenn sein König ihn dort nicht vertreibt, dann ist das für Tiger sicher so in Ordnung. Durch die Katzenklappe können alle anderen Kater unserem Jonny jederzeit einen Besuch abstatten. Das hat sich recht schnell herumgesprochen!

Durch den Zuzug einiger junger Familien hat sich das Durchschnittsalter der Bewohner in unserer Straße erheblich verjüngt, und so haben wir außer den Katzen auch oft sehr junge Gäste im Haus; die eine Audienz bei König Jonny möchten. Da klingelt dann schon mal das eine oder andere Kind und fragt, ob es mit

Jonny spielen darf. Kann man da nein sagen? Natürlich nicht! Jedenfalls nicht, wenn der Monarch in Stimmung ist, ansonsten entzieht er sich seinen Untertanen durch Flucht. Ist er in entsprechender Spiellaune, dann angelt er nach den hingehaltenen Stöckchen oder Bändern. Er lässt sich zur Belohnung mit Leckerlis verwöhnen oder auch sehr gern liebevoll streicheln. Meistens ist er selbst auch sehr großzügig mit seinen Liebesbeweisen, besonders den Kids gegenüber.

Es kommt auch vor, dass wir Post im Briefkasten finden, in der uns mitgeteilt wird, dass der Kiosk der Kinder wieder eröffnet worden ist. Dort kann man dann bei Bedarf selbst geknüpfte Armbänder kaufen oder sich für wenig Geld seine Schuhe blitzblank putzen lassen. Da unsere Straße sehr ruhig ist, spielen die Kleinen oft hier direkt vor unserer Haustür. Sie fahren gern Rollschuh, holen ihre Räder hervor oder die stolzen

Puppenmütter schieben mit ihren Wagen vorbei. Die schönsten Bilder werden uns mit Straßenkreide gemalt, und wir bewundern sie natürlich gebührend. Gelegentlich dürfen wir als Erwachsene auch mitspielen. Eine Runde Federball zum Beispiel macht mir besonders viel Spaß! Die Frage nach einem Geheimgang in unserem Garten mussten wir allerdings verneinen – leider! Es geht uns allen sehr gut mit unserer Regierung – also ein Hoch auf die K.-u.-K.-Monarchie in unserer Straße!

Jonny – in eigener Sache...

„Pass gut auf Dich auf"... Bevor ich morgens auf die Pirsch in meinem Revier gehe, bekomme ich regelmäßig diese Worte mit auf den Weg. Sie kann´s einfach nicht lassen, sich Sorgen um mich zu machen, meine liebe Katzenmama. Dabei bin ich doch schon längst ein erwachsener Kater und kann ganz gut selbst auf mich achten. Manchmal müssen wir Katzen wirklich sehr viel Geduld mit unseren Dosenöffnern haben! Die meinen nämlich immer, sie kümmern sich um uns, dabei ist es meistens genau umgekehrt, wir betreuen sie – auf unsere Weise. Was wäre meine Katzenmama ohne mich?

Schließlich bin ich es, die ihr ständig neue Inspirationen gibt und sie morgens in aller Herrgottsfrühe liebevoll weckt, damit sie ihr Arbeitspensum schafft und etwas vom Tag hat. Das tue ich gern, auch wenn der Wecker meines Katzenpapas, jedenfalls in der Woche, kurze Zeit später ohnehin klingelt, ich weiß, was ich zu tun habe! Zudem leiste ich ihr häufig am Abend vor dem Fernseher Gesellschaft. Dann springe ich zu ihr auf das Sofa, denn dort kann ich prima einschlafen. Meine Katzenmama mag es sehr, wenn ich neben ihr liege und mich ganz fest an sie schmiege, damit wir in aller Ruhe kuscheln können. Ich genieße es ebenfalls außerordentlich, wenn ihre weichen Hände dabei zärtlich über meinen Rücken streicheln oder sie mich liebevoll hinter den Ohren krault. Sie hat auch die Gelegenheit sich noch einen Spätfilm anzuschauen, weil sie mich nicht aus dem Schlaf reißen will. Wenn sie krank ist, zum Glück kommt das nur selten vor, springe ich zu ihr ins Bett und schnurre sie gesund. Wer sorgt also hier für wen?

Klar, sie kümmert sich darum, dass mein Fressnapf immer gut gefüllt ist, und ich auch sonst alles bekomme was ich brauche. Außerdem gehen sie immer superpünktlich mit mir zur Tierärztin, wenn meine jährliche Impfe fällig ist. Solche Termine finden meine beiden Dosis sehr wichtig. Und als ich diese doofe Bindehautentzündung am Auge hatte, sind sie auch sofort mit mir in die Praxis gefahren. Mindestens drei Mal pro Tag musste ich es mir gefallenlassen Salbe ins Auge geschmiert zu bekommen. Brrr – grässlich! Aber es hat geholfen, deshalb habe ich es ihnen verziehen, dass sie mich damit traktiert haben.

Nein, beklagen will ich mich wirklich nicht über mein Katerleben hier; ich weiß, dass meine beiden Menschen mich sehr lieben und sich alle Mühe geben mich zu verstehen, aber ich möchte klarstellen, dass ich ebenfalls in nicht geringem Maße dazu beitrage, dass es uns allen miteinander gut geht.

Tiger

Tiger, so heiße ich, weil mein Fell schwarzgrau gestromt ist. Ich war noch ziemlich klein, als ich von meiner Katzenmama fortgenommen wurde, und mit meinem Bruder Wickie zu einer jungen Familie, mit ebenfalls zwei kleinen Jungs, gekommen bin. Allerdings haben die sich nicht so toll um uns gekümmert, und deswegen mussten wir uns öfters in der Nachbarschaft durchschlagen. Mal hier und mal da betteln gehen, und irgendwann ist Wickie dann einfach nicht mehr zurückgekommen. Wo er geblieben ist, weiß keiner.

Eine Zeitlang hat mich wenigstens eine der Nachbarinnen regelmäßig gefüttert, aber ins Haus durfte ich da sowieso nicht. Dann hat sie sich eine eigene Katze angeschafft und aus war es mit der Herrlichkeit – leider! Seitdem bin ich wieder auf der Suche nach einem festen Zuhause. Ist gar nicht so einfach, mein

Leben, das sage ich Euch! Ich laufe mal hier und mal dahin und wenn jemand lieb zu mir ist und mich nicht gleich wegjagt, dann maunze ich ihn sofort an und hoffe, er versteht mich. Frei sein ist ja gut und schön, aber wenn man weiß wohin man gehört, dann ist das auch eine gute Sache! Deswegen beneide ich vor allem den Jonny!

Jonny hat ein tolles Zuhause! Kriegt immer leckeres Futter und wird echt verwöhnt! Der gute Junge hat auch eine Katzenklappe im Keller und kann tagsüber raus und reinkommen wie er möchte. Vor allem, wenn seine Leute mal nicht da sind. Diese Katzenklappe kennen wir alle, und deshalb besuchen wir Jonny´s Fressplatz so oft wir können. Der lässt immer was drin – er weiß ja, wenn sein Napf leer ist, dann kriegt er immer wieder Nachschub. Neulich stand eine leere Dose auf der Arbeitsplatte, und die habe ich sofort genauer untersucht. Hat sich auch gelohnt, weil noch ein Rest Soße drin war

– hm, lecker! Den habe ich gründlich, sozusagen porentief, raus geleckt. Als ordentlicher Kater habe ich die Dose danach in die Spüle geschmissen, weil ich sie ja nicht in den Mülleimer werfen konnte.

Vor kurzem war ich im Keller, als Jonny`s Katzenmama alles dicht gemacht hat. Weil ich mich nicht sofort bemerkbar gemacht habe, musste ich bis zum nächsten Morgen warten, bis ich wieder raus konnte. War aber ganz gemütlich und auf jeden Fall besser als draußen zu übernachten bei dem Schietwetter derzeit. Es wird jetzt nämlich schon ganz schön kalt draußen, weil der Winter nicht mehr weit ist.

Neulich war es mal wieder ganz nass und ungemütlich, und da bin ich wieder durch die Katzenklappe rein zu Jonny. Der schlief im Wohnzimmer und ich war doch auch sooo müde! Da habe ich mir einfach auch einen Schlafplatz gesucht. Auf dem großen Schrank, der im Esszimmer steht, habe ich schon öfter mal gesessen; bin allerdings runter geflogen als Jonny`s Leute nach Hause gekommen sind.. Aber jetzt war niemand da und deswegen habe ich es einfach noch mal riskiert. Das war herrlich – am liebsten würde ich ganz bei Jonny einziehen!

Weil Motte und Justus auch immer kommen, ist Jonny mittlerweile ziemlich genervt und rennt weg, wenn sich einer von uns blicken lässt. Aber, ich tu ihm doch nix, ich will doch nur satt werden! Wenn der Winter so mild bleibt, wäre das prima; falls nicht, muss ich mir echt was einfallen lassen!

Kennt Ihr vielleicht jemanden, der einen liebebedürftigen, getigerten und immer hungrigen Kater bei sich haben möchte?

Du und Dein Jonny...

Wie oft bekomme ich diesen Satz zu hören, entweder von meinem Mann, unserer Tochter oder einem amüsierten Nachbarn, wenn ich abends, wieder mal mit der Futterdose klappernd, und laut nach meinem Liebling rufend, durch die Straßen unserer Siedlung laufe. Aber es ist für mich immer ein Grund zur Sorge, wenn er im Dunkeln noch nicht im Haus ist, dann finde ich solange keine Ruhe, bis er wohlbehalten wieder zuhause ist. Die Katzenfreunde unter Ihnen werden das sicher verstehen!

Vor allem, seitdem unser erster Kater Teddy Krallmann eines Abends tödlich verunglückt ist, bin ich ganz besonders ängstlich, wenn Jonny seinen täglichen Freigang überzieht. Zum Glück kommt das nicht allzu häufig vor.

Natürlich kann auch tagsüber ein Unglück geschehen, aber es ist nun mal eine Tatsache, dass man als Autofahrer, und das ganz besonders im Dunkeln, schwarze

Katzen ganz schnell übersieht, daher muss Jonny die Nächte drinnen verbringen – zu seinem Schutz und unserer Beruhigung. Meistens klappt das zum Glück recht gut, allerdings lässt unser Held es sich nicht nehmen, uns gelegentlich doch zu zeigen, wer der eigentliche Herr im Hause ist. Wenn er dann endlich heimkehrt zeigt er natürlich keinerlei Reue über sein Verhalten – wie sollte er auch? Es ist sogar schon vorgekommen, dass unser Jonny, nachdem ich ihn stundenlang gesucht und mich vor Sorge um ihn wieder einmal fast verzehrt habe, plötzlich und unerwartet doch aus irgendeinem seiner Verstecke hier im Haus wieder auftaucht. Dann müssen natürlich ganz schnell alle Fluchtwege nach draußen dicht gemacht werden, und der vermeintlich verlorene Sohn wird erst mal mit einem Leckerchen belohnt, weil ich überglücklich bin ihn wieder zu haben! Meistens ist es ja der Hunger, der ihn irgendwann dazu treibt sein Geheimversteck kurz zu verlassen. Selbstverständlich trage ich dieser

Tatsache Rechnung und renne schnellstens los, um sofort für meinen erklärten Liebling zum Dank eine der Dosen seines bevorzugten Futters zu öffnen. Wenn er dann laut schmatzend vor seinem Fressnapf steht, geht mir regelrecht das Herz auf! Endlich kann ich den Rest des Tages genießen, mich mit Jonny auf dem Sofa sitzend und Pfötchen haltend, vor dem Fernseher entspannen oder ein Buch lesen. Bevor Teddy damals zu uns kam, hätte ich niemals gedacht, dass ich mein Herz so an ein Haustier hängen könnte, aber diese Liebe zu unserem Jonny ist und bleibt unverbrüchlich, egal was geschieht und wird von ihm auf seine Weise auch erwidert – kann es etwas Schöneres geben? Mein Mann und ich können uns das inzwischen nicht mehr vorstellen!

Jonny oder der Schrecken der Nacht

Diese letzte Nacht war einfach furchtbar, das kann ich Euch nur sagen! Manfred ist ja abends noch einmal in den Keller gegangen, um Brot hochzuholen, und wie immer, bin ich mitgegangen. Leider hat er es nicht bemerkt und mich im Partykeller eingesperrt. Das hatte ich nun davon!

Anfangs dachte ich ja noch, dass gleich jemand kommt, um mich zu befreien, aber dieses Mal haben sie mich offenbar beide nicht vermisst – leider! Erst habe ich versucht laut zu maunzen, aber das hat natürlich keiner da oben gehört. Dann habe ich die Tür attackiert und die bunten Ansichtskarten, die daran klebten, voller Wut heruntergerissen. So, das haben sie jetzt davon, habe ich nur gedacht! Ich weiß ja, mit Absicht sperren sie mich bestimmt nicht ein, aber trotzdem war ich total sauer und irgendwann auch verflixt hungrig! Meine leckeren Körnchen und mein geliebtes Eiersoufflee, wann werde ich das nur wieder fressen können? In dem Keller steht zwar ein zweiter Kühlschrank, aber selbst wenn ich den öffnen könnte, da ist nix für mich drin, das weiß ich ganz genau. Also konnte ich nichts tun als abzuwarten. Dann muss Brigitta heute Abend eben allein auf dem Sofa sitzen – selbst schuld! Jedenfalls ist ganz lange keiner gekommen, um mich wieder freizulassen. Die hatten wohl anderes im

Kopf oder haben gedacht, dass ich schon auf meinem Lieblingsplatz im Schrank schlafe – wer weiß das schon so genau, was in den Köpfen der Menschen so vorgeht! Irgendwann wurde es mir zu dumm und ich habe mich in eine Ecke zum Schlafen gelegt; was blieb mir auch sonst anderes übrig?

Mitten in der Nacht wurde ich plötzlich durch ganz lautes Gepolter aufgeweckt. Himmel, nicht mal in Ruhe schlafen kann man hier! Was das wohl war? Jedenfalls hörte ich dann plötzlich Schritte, die sich der Kellertür näherten und Brigitta fragte: „Jonny, bist Du hier?", wobei die Tür sich öffnete. Dumme Frage, wo sollte ich denn sonst wohl sein? Jedenfalls bin ich sofort aus dem Keller herausgeschossen, bevor sie sich das anders überlegen konnte und die Tür womöglich wieder zu gemacht hätte. Mannomann, ich war immer noch sauer! Ganz laut habe ich geschimpft auf dem Weg nach oben und gefragt, warum sie mich nicht eher befreien konnte. „Du armer Schatz, es tut mir sooo leid!", säuselte sie, und ist dann sofort mit mir in die Küche gegangen, und hat erst mal eine ordentliche Portion Eiersoufflee rausgerückt und einige Körnchen dazu. Sie war wohl wirklich erschrocken darüber, dass sie mich nicht eher vermisst hat, das habe ich gemerkt. Deshalb habe ich ihr auch verziehen und habe sie, als sie dann wieder ins Bett gegangen war, doch noch einmal zugeklopft. Das mache ich sonst jeden Abend ganz gewissenhaft, denn das ist sozusagen unser „Gute-Nacht-Ritual". Meistens schlafe ich ja bei den beiden mit im Bett, aber manchmal auch woanders. So wie heute Nacht, denn etwas beleidigt bin ich ja doch noch. Jetzt müssen sie eben die Postkarten wieder neu ankleben, aber das macht nix. Strafe muss sein, meine ich! Beim nächsten Besuch im Keller werde ich aber selber auch besser aufpassen müssen, fürchte ich.

Jonny und Tiger

Hi Fans! Ich finde, es wird mal wieder Zeit, dass ich mich zu Wort melde. Ich lebe ja nun schon seit mehreren Jahren hier in der Katzenallee und bin mit meinen Dosis und unserem Zuhause auch sehr zufrieden. Leider gibt es allerdings eine Schlange in meinem Paradies, und dieser Störenfried heißt Tiger. Es gibt zwar in unserer kleinen Straße noch mehrere andere Katzen, aber mit denen habe ich kein Problem. Mit dem dicken Tiger sieht das leider anders aus – der ist mein Erzfeind. Und was mich am meisten ärgert, das ist die Tatsache, dass er mehr und mehr versucht sich in mein Zuhause zu drängen. Meine Katzenmama Brigitta sagt immer, dass er eine arme Socke ist, weil die Leute, die ihn damals zu sich geholt haben, sich schon kurz danach kaum noch um ihn gekümmert haben, und als dann noch ein Hund ins Haus kam, war es damit ganz vorbei. Ja, so sind manche Menschen. Wir vertrauen ihnen und wollen ihnen unsere ganze

Liebe geben, und wie danken sie uns das? Eine Schande ist das, finde ich!

Trotzdem ist es in meinen Augen nicht in Ordnung, wie Tiger sich bei Brigitta einschleimt. Er kommt durch meine Katzenklappe ins Haus, macht sich auf dem Sofa breit und versucht sogar mich zu vertreiben. Ihr wisst ja, ich bin kein Raufer, daher ziehe ich lieber den Schwanz ein und bringe mich in Sicherheit, sobald ich ihn nur sehe. Wenn Manfred das sieht, wird Tiger von ihm sofort rausgeworfen, Brigitta ist da etwas duldsamer. Nur, wenn sie merkt, dass er mich wieder ärgert, dann handelt sie genauso – zum Glück. Im Sommer ist das ja noch halbwegs erträglich, weil er dann ohnehin viel draußen herumstreunt, aber jetzt zu der kalten Jahreszeit, da versucht er so oft wie es geht sich bei uns im Haus einzunisten. Dabei ist er regelrecht dickbräsig. Wenn man ihn zur Terrassentür nach draußen gebeten hat, kommt er wenig später durch meine Katzenklappe einfach wieder rein, es sei denn, die Tür zum Keller ist auch zu.

Ist das etwa gutes Benehmen?

Dabei hätte er gegenüber bei meinen Patentanten Anke und Vivi so ein tolles Zuhause haben können, der Dummbax. Die haben ihn regelmäßig gefüttert, ihm die Wurmkur gegeben und wirklich alles für ihn getan was sie nur konnten. Aber was macht er? Benimmt sich daneben so gut er nur kann, haut ab und weckt sie nachts auf. Irgendwann hatten alle die Nase voll und haben sich eine andere Katze aus dem Tierheim geholt. Seitdem geht es nur noch ab und zu dahin, denn die junge Dame weiß was sie will und verteidigt ihr Revier auch entsprechend. Trotzdem kriegt er da immer noch was zu Fressen und darf auch rein, jedenfalls wenn er sich gut benimmt, was natürlich auch vorkommt. Aber, wenn er aus irgendeinem Grund nicht gut drauf ist, dann wird er stinkig. tatzt nach den Menschen und benimmt sich schlichtweg unmöglich. Anke meint, er sägt manchmal selbst an dem Ast, auf dem er sitzt. Brigitta sagt, sie kommt sich vor wie eine böse Stiefmutter, wenn sie zurück ihn in den Keller verfrachtet, während ich oben bei ihr und Manfred bleiben darf. Aber warum muss er mich auch immer ärgern? In unserem Keller darf er natürlich zu jeder Zeit und Stunde bleiben. Und da steckt meine Katzenmama ihm ja auch oft genug was zu, weil er ihr trotz allem so leid tut. Wenn ich abends rein muss, streunt er meistens noch in der Gegend rum, aber zum Schlafen ist er so gut wie immer bei uns. Wenn ich morgens mit Manfred aufstehe und er für mich die Tür zum Keller wieder auf macht, dann wartet Tiger oft schon hinter der Tür und maunzt, weil er auch gefüttert werden will. So dreist ist der inzwischen geworden. Manchmal kommt er sogar hoch und schaut nach, ob er Brigitta in ihrem Zimmer findet. Dann wirft er sich ihr regelrecht zu Füßen, will von ihr liebevoll geklopft werden und schleimt sich auf jede nur erdenkliche Art und Weise bei ihr ein. Der soll bloß nicht glauben, dass er mich von meinem Thron verdrängen kann, denn hier bin ich der Herr im Hause, und das will ich auch bleiben!

Soll Tiger sich doch von der Katzenfrau adoptieren lassen! So nennen meine Dosis diese Frau, weil sie immer nach uns allen fragt, wenn sie hier vorbei kommt. Sie hat meistens ein Leckerli in der Tasche, deshalb bin ich eine Zeit lang immer hingelaufen, wenn sie mich zu sich gerufen hat. Sie ist ein bisschen seltsam, und es ist schon vorgekommen, dass sie abends sehr spät hier war oder Brigitta in aller Herrgottsfrühe aus dem Bett geklingelt hat. Das fanden meine Dosis gar nicht lustig. Aber vor allem, als sie mich seinerzeit entführt hatte, da sind mein Katzenpapa und meine Katzenmama zur Höchstform aufgelaufen – ehrlich so böse habe ich keinen von ihnen jemals wieder erlebt! Sie haben mir anschließend streng verboten sie zu besuchen, und das tue ich jetzt auch nicht mehr.
Die Katzenfrau würde Tiger sicher liebend

gern aufnehmen, aber das will er offenbar auch nicht. Warum, um Himmels Willen hat er sich nur in den Kopf gesetzt sich ausgerechnet bei uns breit zu machen?

Jonny sagt ätsch!

Ich bin der schwarze Jonny – mich kennt Ihr ja schon! Meine Katzenmama Brigitta liebt mich über alles und Manfred auch. Das ist mir klar und es ist ja auch schön, aber manchmal ist es trotzdem einfach nur lästig. Die beiden sind neuerdings auch abends ziemlich viel unterwegs. Das liegt daran, dass Brigitta ja nun mein Buch auch fertig hat, und das will sie ganz vielen Katzenfreunden vorstellen. Natürlich ist das eine große Ehre für mich, trotzdem finde ich es weniger schön, dass ich dadurch so oft allein zuhause bleiben muss. Da wollte ich den beiden gestern Abend einfach mal einen Denkzettel verpassen!

Wie immer, wenn sie unterwegs sind, hatte Brigitta meine Patentante Anke von gegenüber gebeten, mich ins Haus zu holen, wenn es dämmrig wurde oder womöglich ein Gewitter drohte. Dann habe ich nämlich ziemlich Schiss, Ihr auch?

Gestern blieb aber alles ruhig – zum Glück. Tja, und dann war es einfach nur Pech für Anke, dass ich nicht reinkommen wollte, und mir sowieso vorgenommen hatte, bei der nächsten sich bietenden Gelegenheit mal eben nicht brav zu sein, sondern einfach auszubüxen. Außerdem war es eine so schöne laue Nacht und die anderen waren ja auch alle noch draußen. Warum sollte ausgerechnet ich dann reinkommen, das sah ich überhaupt nicht ein. Punktum! Anke hat ihre Pflicht wirklich sehr ernst genommen und nicht locker gelassen. In ganz kurzen Abständen hat sie immer wieder mit der Futterdose geklappert, mich gerufen und wirklich versucht, mich zum Kommen zu bewegen. Sie ist sogar losgelaufen, um mich zu suchen. Aber ich habe meine Ohren einfach auf Durchzug gestellt. Außerdem machen sich die anderen schon ab und zu lustig darüber, wie viel ich mir gefallen lasse. Ich bitte Euch, das geht doch nicht, oder? Jedenfalls wurde es Zeit, den beiden mal ihre Grenzen zu zeigen und wer der eigentliche Herr im Hause ist dazu! Meine Patentante hat jedenfalls irgendwann, ganz viel später, entnervt aufgegeben. Sorry Anke, das ging bestimmt nicht gegen Dich! Aber ich hoffe, Du kündigst mir deswegen nicht die Freundschaft. Wäre schade drum! Ich glaube, sie hat Manfred und Brigitta noch einen Zettel geschrieben, bevor sie dann Ruhe gegeben hat und zu Bett gegangen ist.

Später, ganz viel später kamen die beiden dann auch nach Hause - endlich. Sooo lange sind sie bisher nur selten weggeblieben. Wie gesagt, Strafe muss sein, und deshalb habe ich sie auch noch eine Weile schmoren lassen, bevor ich ihren Lockrufen dann irgendwann gnädig gefolgt bin. Hach, wie habe ich diese wunderbare Nacht der Freiheit genossen! Habe mit Motte auf der Wiese getobt und auf Mäuse gelauert. Leider kamen keine, aber macht nix, wir hatten auch so unseren Spaß. Und ich zeige ganz bestimmt keine Reue – ätsch!

Tigers Überraschung

Ich bin`s noch mal, der Tiger. Also eines sage ich Euch: Den Menschen eine Freude zu machen, das ist gar nicht so einfach! Ich hatte neulich eine tolle Idee, aber ich glaube, sie ist trotzdem nicht gut angekommen – leider! Ich bin nämlich immer noch auf der Suche nach einem richtigen Zuhause, aber das ist gar nicht so einfach! Natürlich kriege ich mal hier und da was zu fressen, aber das ist doch nicht genug. Ich möchte doch auch meine Streicheleinheiten und jemanden, der sich Sorgen um mich macht, wenn ich nicht nach Hause komme; der regelmäßig mit mir zum Impfen geht, na ja, das vielleicht nicht gerade, aber auf jeden Fall jemanden, der sich ganz tüchtig um mich kümmert!

Ich schlafe ja oft bei Anke und Vivi im Wintergarten, und Anke gibt mir auch die Wurmkur und das eklige Zeug gegen die Zecken. Aber die beiden sind nicht immer da und abends ist ihre Tür auch oft zu.

Wenn es dann zu ungemütlich ist, schlafe ich schon mal bei Manfred und Brigitta im Keller. Vor allem dann, wenn es draußen regnet und es womöglich dazu noch gewittert. Jonny ist dann in der Regel sowieso drin, weil er bei solchem Wetter immer ganz viel Angst hat. Brigitta, seine Katzenmama, steckt mir ab und an auch schon mal ein paar Körnchen zu, wenn ich ihr was vorjammere. Da kann sie ganz schlecht nein sagen – zum Glück! Von ihr werde ich auch immer gestreichelt, wenn ich auftauche – ach das tut sooo gut! Vor einiger Zeit habe ich sogar mit ihr im Wohnzimmer geschlafen, das hat sie erst bemerkt, als sie wieder aufgewacht ist. Oft sitzt sie in dem großen Zimmer, in dem sie ihre Geschichten aufschreibt, dann merkt sie sowieso nix! Weil ihr Jonny die Katzenklappe hat, gehen alle Kater aus unserer Straße oft hin und schauen nach, ob er noch Reste in seinem Fressnapf hat, und meistens lohnt sich das für uns. Wie gern würde ich auch da einziehen, aber Jonny hat ein bisschen Angst vor mir, weil ich ihn am Anfang mal von seinem eigenen Napf weggejagt habe; aber wirklich nur, weil ich sooo schrecklich hungrig war! Könnt Ihr das nicht ein bisschen verstehen? Jedenfalls geht Jonny mit seitdem aus dem Weg, und ich glaube, Manfred hat mir das auch tüchtig übel genommen. Tja, war wohl ein Fehler! Auf jeden Fall weiß ich, dass Brigitta uns alle hier gern hat, also mich auch. Deshalb wollte ich ihr gern eine ganz besondere Freude machen und sie überraschen. Da habe ich ihr vor einigen Tagen eine winzige Schnecke mitgebracht, eine von den dicken, roten die bei nassem Wetter immer in Scharen die Gärten bevölkern. War doch nur `ne ganz kleine Schnecke! Es war noch ziemlich früh am Morgen, und Brigitta lag noch im Bett. Da habe ich mich ganz leise angeschlichen und die Babyschnecke vorsichtig neben sie gelegt. Dann habe ich mich an das Fußende gesetzt und gewartet, wann sie endlich aufwacht. Natürlich hat die Schnecke in der Zeit versucht abzuhauen, aber bei ihrem Tempo ist sie ja nicht weit gekommen, ganz klar! Irgendwann habe ich Brigitta mit der Pfote ganz vorsichtig angestupst und dann war sie wach und hat verschlafen gemurmelt: „Jonny, noch ein paar Minuten, bitte!" Einen Augenblick später war sie dann aber richtig wach und hat gemerkt, dass Jonny gar nicht da war, sondern dass ich da saß. „Hey, Tigerchen, was machst Du denn hier in meinem Bett?", wollte sie wissen. Da lässt sie sonst nur Manfred rein und ab und zu auch Jonny, das weiß ich ganz genau. Ja, ok. das war vielleicht etwas dreist von mir, hat aber so viel Spaß gemacht! Außerdem musste ich doch die Schnecke da ablegen. Als Brigitta die entdeckt hat, ist sie geflitzt, das kann ich Euch aber sagen! Ruck zuck hat sie aus dem Bad ein Stück Papier geholt und die Schnecke zurück in den Garten transportiert. Ich kam kaum hinterher, so schnell ging das. Sie hat sich umgedreht, mich ganz lieb gestreichelt und zu mir gesagt: „Ich weiß ja, Du wolltest mir ein Geschenk machen, aber das möchte ich lieber nicht." Hat man da Worte? Zum Glück war sie aber nicht böse mit mir, auch, wenn sie erst mal ihr Bett frisch beziehen musste. Also, ich fand das nicht wirklich nötig, aber die Menschen denken wohl anders darüber. Ich habe mich gefragt, ob sie sich über eine tote Maus wohl mehr gefreut hätte? Ich gebe jedenfalls so schnell noch nicht auf!

Jonny hat ein Alibi

Mich, Jonny Appetito, den kennen einige von Euch ja schon. Schließlich habe ich ein eigenes Buch, und in einem weiteren mit Hunde- und Katzengeschichten, in dem komme ich auch vor, sogar mehrfach. Meine Katzenmama Brigitta schreibt nämlich alles auf, was hier so passiert, und auch die Geschichten, die ihre Zuhörer von ihren Haustieren ihr erzählt haben. Diese Abenteuer sind manchmal auch spannend, finde ich.

Hier, in meiner Straße, gibt es außer mir noch drei andere Kater und eine Katze. In der weiteren Nachbarschaft sind sogar noch mehr, aber mit denen haben wir nicht viel zu tun. Wir vertragen uns alle ganz gut – meistens jedenfalls. Einig sind wir uns auf jeden Fall darin, dass die Menschen ab und zu doch etwas schräg drauf sind.

Mindestens einmal im Jahr, da spinnen sie alle, sage ich Euch! Diesen Tag nennt man

Silvester. Dann geht das alte Jahr zu Ende und das neue fängt an. Mitten in der Nacht muss das dann begrüßt werden und zwar mit einem Riesenkrach! Alle Leute laufen nach draußen auf die Straße, schauen nach den bunten Raketen und freuen sich über das Spektakel – wir Tiere weniger!

Ich habe vor diesem Tag immer ganz viel Angst, und verkrieche mich in der hintersten Ecke im Keller. Manchmal sitze ich auch unter dem Kleiderständer, da ist es so schön dunkel, und ich kann in Ruhe abwarten, bis der Spuk vorbei ist. Oft finden die Kids am nächsten Tag sogar noch einige Knaller, die noch nicht los gegangen sind, und dann kracht es wieder. Gemeinerweise meistens dann, wenn ich mich gerade wieder beruhigt habe. Aber, wenn es wieder losgeht, dann flitze ich gleich wieder in eines meiner Verstecke. Wie gesagt, die Menschen sind mir manchmal wirklich ein Rätsel. Und die wundern sich über uns – ist doch komisch, oder?

Also, dieser Silvestertag, der kann einem schon auf den Magen schlagen! Da wundert es mich gar nicht, dass unser Nachbarjunge von nebenan auf der Terrasse am Neujahrstag einen großen Haufen „Katzenkotze", wie er es nannte, gefunden hat. Den mussten seine Mama und sein Papa dann beseitigen – ja, wer wohl sonst? Stellt Euch vor, bei denen bin ich sogar in Verdacht geraten diese Schweinerei da hinterlassen zu haben. Aber das war ich nicht, ganz sicher nicht! Manfred und Brigitta wissen ja wie bange ich in diesen Tagen bin, und deshalb musste ich Silvester schon um die Mittagszeit im Haus bleiben. War blöd, denn ausgerechnet an diesem Tag schien die Sonne ganz frühlingshaft warm, und es war auch ungewöhnlich lange hell. Die blöde Knallerei ging ja auch erst später los, aber weil das nicht immer so ist, wollten meine beiden lieber auf Nummer sicher gehen, und deshalb durfte ich nicht mehr raus – bäh! Na ja, später wusste ich warum.

Neujahr war ich auch erst spät draußen, weil Manfred und Brigitta auch gefeiert hatten, müde waren und länger schlafen wollten. Kein Wunder, wenn sie sich die halbe Nacht um die Ohren schlagen ...
Jedenfalls konnte ich es deshalb gar nicht gewesen sein, das haben alle einwandfrei festgestellt – ich hatte ein Alibi – und zwar ein absolut hieb- und stichfestes noch dazu! Ab und zu muss man sich von seinen Leuten doch glatt so einiges bieten lassen! Aber meistens sind sie ganz in Ordnung,

das möchte ich doch betonen. Außerdem sind sie immer wieder für Überraschungen gut. So wie vor kurzem, da hatte Vivi Geburtstag, und Anke hat Brigitta gefragt, ob sie den in unserem Partykeller feiern dürfte. Anke und Vivi sind ja meine Patentanten und kümmern sich immer um mich, wenn Brigitta und Manfred längere Zeit nicht zuhause sein können, deshalb wollte sie Anke den Gefallen tun. Leider musste Manfred dazu den Keller erst mal gründlich aufräumen. Weil er und Brigitta schon lange nicht mehr darin gefeiert hatten, war es in der Zwischenzeit dort ein bisschen rumpelig geworden. Da hat Manfred glatt einige Tage gebraucht, bis alles wieder ordentlich und sauber war. Ich musste höllisch aufpassen, dass ich nicht wieder versehentlich mit in dem Keller eingesperrt wurde, weil ich das Geschehen natürlich unbedingt mitkriegen wollte. Ich bin sowieso immer gern in der Nähe meiner beiden Menschen. Am Schluss sah der Keller wieder picobello aus und Vivi`s Feier konnte starten.

Sie hatte alle ihre Freundinnen eingeladen, und es gab leckere Sachen zu essen und zu trinken. Das konnte und wollte ich mir natürlich auch nicht entgehen lassen, deshalb bin ich zwischendurch immer mal wieder runter gegangen, um zu gucken was da so los war. Ich glaube, alle hatten viel Spaß, auch beim Tanzen. Das war mir allerdings zu laut, da bin ich dann doch lieber abgehauen. Überhaupt habe ich ja meistens gern meine Ruhe, aber ab und an ist es auch schön, etwas Neues zu erleben! Langeweile kenne ich ohnehin nicht, und das ist gut so!

Ein turbulenter Kinobesuch

In einer unserer Nachbarstädte gibt es ein kleines Programmkino mit nur wenigen Plätzen. Durch puren Zufall hatten wir von dessen Existenz erfahren und wollten es ausprobieren, sobald ein für uns interessanter Film dort laufen würde. Daher hatte ich meinen Mann Manfred gebeten, sich im Internet darüber zu informieren. Eine Freundin hatte mir erzählt, dass es momentan einen ganz entzückenden Dokumentarfilm über die Katzen von Istanbul gab. Sie war von diesem Film total begeistert und riet uns dazu ihn unbedingt auch anzuschauen, sofern wir die Gelegenheit dazu hätten. Für sie und uns als wahre Katzenfans sei dieser Streifen ein absolutes „muss" fand sie. Einen Reklameflyer zu diesem Film hatte ich auch schon ergattert, aber in dem großen Kinocenter in unserer Nähe wurde er leider nicht gezeigt. Allerdings war dieser Streifen ganz sicherlich kein Kassenschlager, weshalb ihn nur wenige

Lichtspielhäuser in ihr aktuelles Programm aufgenommen hatten, so vermuteten wir. Aber dieses kleine „Puschenkino" war dennoch mutig genug ihn zu zeigen. Zwar nur für drei Tage, aber immerhin. Das gab uns die Möglichkeit ihn auch anzuschauen. Ein Blick in meinen ziemlich vollen Terminkalender zeigte mir, dass dafür nur ein Abend in Frage kam – alles klar.

Nun haben wir den großen Vorzug, dass unser Kater Jonny zur Familie gehört. Er hat sich unserer Lebensweise auch durchaus angepasst, meistens jedenfalls. So ist es, seit dem Unfalltod unseres ersten Katers Teddy Krallmann, für Jonny eisernes Gesetz, dass er bei Anbruch der Dämmerung ins Haus kommen und die Nacht drinnen verbringen muss. Schwarze Katzen sind ja in der Dunkelheit nur schwer wahrzunehmen, was unserem geliebten Teddy zum Verhängnis geworden ist. Jonny ist ebenfalls pechschwarz und damit sicher ebenso gefährdet, also ist diese Vorsichtsmaßnahme ja durchaus begründet. In der Regel kommt Jonny von ganz allein zur passenden Uhrzeit nach Hause, aber es gibt natürlich auch Ausnahmen. Vor allem die lauen Sommernächte nutzt er ab und zu gern um seinen Freigang dann über Gebühr auszudehnen. Daher haben wir zu dieser Zeit an dem einen oder anderen Abend durchaus schon voller Unruhe und Sorge länger auf ihn gewartet, als uns lieb war.

Jetzt war es zwar schon Oktober und keineswegs mehr sommerlich warm, trotzdem hatte unser Jonny ausgerechnet an diesem speziellen Abend beschlossen nicht pünktlich heim zu kommen. Bereits knapp zwei Stunden bevor wir aufbrechen wollten, hatten wir damit begonnen nach Jonny zu rufen. Ich war sogar mit seiner Futterdose klappernd durch die Straßen unserer Wohnsiedlung gelaufen, um ihn ins Haus zu locken. Einzig und allein mit dem Ergebnis, dass sämtliche Kater aus der Nachbarschaft angerannt kamen, die dann natürlich alle ein kleines Leckerli bekamen. Aber unser Jonny ließ sich nicht blicken; er schien wie vom Erdboden verschluckt zu sein. Da ich von einer Nachbarin gehört hatte, dass kürzlich einer seiner Artgenossen versehentlich über Nacht im Carport eines anderen Nachbarn eingesperrt worden war, klingelte ich auch dort, um nach Jonny zu fragen. Natürlich blieb auch diese Nachfrage ohne Ergebnis. Ich erntete nur bedauerndes Achselzucken – Jonny war und blieb verschwunden.

Manfred hatte inzwischen die Anschrift des Kinos in unser Navi im Auto eingegeben, weil wir nicht wussten wo es zu finden war, und wir standen sozusagen in den Startlöchern, um pünktlich los zu fahren, sobald Jonny auftauchte.

„Wenn er nicht bald los kommt, dann muss er eben draußen bleiben", schlug Manfred schließlich genervt vor.

„Kommt gar nicht in Frage", giftete ich. „Du glaubst doch wohl nicht ernsthaft, dass ich in aller Gemütsruhe im Kino sitzen und den Film genießen kann, wenn ich nicht weiß ob es Jonny gut geht!"

Entweder war ihm etwas Schlimmes zugestoßen oder er hatte eindeutig keine Lust nach Hause zu kommen – aus welchem Grund auch immer. Eine andere Möglichkeit gab es nicht.

„Also, wenn er nicht innerhalb der nächsten fünf Minuten hier erscheint, dann kannst Du den Kinoabend vergessen", knurrte Manfred schließlich erbost.

„Mir egal, ich fahre jedenfalls nicht, ohne zu wissen was los ist", gab ich zurück und fand mich damit ab, den Film vorläufig nicht zu Gesicht zu bekommen. Sicher würde er irgendwann im Fernsehen gezeigt, weil der TV-Sender arte auch an dieser Produktion beteiligt war, so hatten wir in der Vorankündigung gelesen.

Gerade als ich meinen Mantel endgültig ausziehen wollte, kam unser lang vermisster Schatz in aller Ruhe durch die weit geöffnete Terrassentür hereinspaziert, steuerte geradewegs auf seine Futternäpfe zu und zeigte selbstverständlich keine Reue darüber uns so in Angst und Schrecken versetzt zu haben – wie sollte er auch?

„Manfred, unser Jonny ist da!", rief ich erleichtert, nachdem ich schleunigst die Terrassentür zugeworfen hatte. Danach rannte ich in den Keller, um dort die Tür ebenfalls zu schließen, denn tagsüber kann Jonny ja auch durch seine Katzenklappe ins Haus kommen oder wieder nach draußen laufen. Mein Mann, der sich inzwischen wieder nach oben an seinen

Schreibtisch verzogen hatte, kam ebenfalls wie ein geölter Blitz die Treppe herunter gesaust, schnappte sich schnell seinen Autoschlüssel, und nur einen Augenblick später saßen wir beide im Auto. Als wir endlich das Kino erreicht und zum Glück auch in der Nähe einen Parkplatz gefunden hatten, ging es im Laufschritt zum Eingang des Lichtspielhauses. Völlig außer Atem standen wir dann vor der Kasse und erfuhren, dass zu unserem Glück gerade noch zwei Plätze frei waren, allerdings in der ersten Reihe. Wählerisch konnten wir also nicht mehr sein, aber das war letztlich egal. Der Film erwies sich als durchaus sehenswert, denn den Kameraleuten waren sehr viele einzigartige Aufnahmen von wunderschönen und sehr unterschiedlichen Katzen gelungen. Wir waren wirklich begeistert und richtig froh, dass wir es trotz aller widrigen Umstände überhaupt geschafft hatten, diesen Film anzuschauen. Aber das Schönste an diesem Abend war doch der Umstand, dass ich nach unserer Rückkehr mit Manfred bei einem Gläschen

Wein auf dem Sofa sitzen und mit Jonny noch ein Stündchen „Pfötchen halten" konnte. Da er im Allgemeinen kein sonderlich verschmuster Kater ist, genieße ich diese Gunstbeweise seinerseits immer besonders. Vielleicht hat er an diesem Abend sogar gespürt, dass er einiges gutzumachen hatte.

Wer weiß das schon so genau...

Ich bin´s, Tiger

Mich, den Tiger, kennt man im Dorf, und
einige von Euch erinnern sich bestimmt
auch an mich, aus den bisherigen Büchern
von Brigitta. Ich bin ja ein Mitglied der
Körnchenknackerbande hier aus unserer
Worthheide. Motte, Justus, Jonny und ich,
ja und ab und zu gesellt sich auch Luna
mit dazu. Die war am Anfang immer sehr
ängstlich, aber jetzt lässt sie sich schon
mal bei uns blicken. Luna könnte glatt eine
Schwester von Jonny sein, so ähnlich
sehen sich die zwei. Beide haben einen
pechschwarzen Pelz und ein kleines
weißes Medaillon vor der Brust. Ist aber
Zufall, denn Luna ist aus dem Tierheim
hierhergekommen und Jonny war auf der
Walz, bis er hier bei Brigitta und Manfred
ein Heim gefunden hat. Über seine
Vergangenheit schweigt er sich aus – ist
besser so, sagt er.

Nach wie vor habe ich kein festes
Zuhause, sondern hole mir immer noch

mal hier und mal da mein Futter; man könnte wohl sagen, ich bin hier der Siedlungskater.

Bei Anke und Vivi bin ich ziemlich oft. Die haben sogar eigene Futternäpfe für mich angeschafft, und ich darf bei ihnen schlafen, wenn sie zuhause sind. Das mache ich auch öfter, wenn ich Lust dazu habe. Bei ihnen im Wohnzimmer sitzen mehrere Teddys auf dem Sofa, und einen davon habe ich besonders gern. Das ist mein Freund, weil ich mit ihm fabelhaft kuscheln und schmusen kann. Ich putze sein schönes, weiches Fell auch immer gleich mit, wenn ich meinen Pelz säubere. Es soll doch hübsch bleiben! Außerdem muss Anke ihn dann nicht so oft in die Waschmaschine stecken, danach riecht er immer so fremd, und ich muss ihn erst mal wieder gründlich bearbeiten, bevor er wieder der Alte ist. Aber, sie kann das einfach nicht lassen! Wenn ich bei Anke und Vivi im Sessel oder auf dem Sofa schlafe, dann tue ich das am allerliebsten mit meinem Freund zusammen. Ich nehme Teddy ganz vorsichtig in meine Pfoten, und dann fühlt er sich genauso geborgen wie ich auch. Bevor wir einschlafen, schnurre ich ihm noch ins Öhrchen, was ich draußen erlebt habe, weil ich diesen Freund bei meinen Abenteuern ja nicht dabei haben kann. Die weite Welt außerhalb der Wohnung ist viel zu gefährlich für ihn, aber er hört mir gern zu, wenn ich ihm berichte, was es so an Neuigkeiten in unserer Straße gibt.

Langsam habe ich mich an dieses Leben gewöhnt, es hat auch Vorteile, ganz und gar sein eigener, freier Kater zu sein! Man muss eben aus allem das Beste machen, ist es nicht so?

Neuerdings habe ich übrigens ein ganz tolles Versteck für mich entdeckt. Wo? Seid Ihr aber neugierig, fast so wie wir Katzen. Na gut, weil Ihr es seid, will ich mal nicht so sein und es Euch verraten, aber bitte nicht weiter sagen! Manfred und

Brigitta haben ihre Garage direkt ans Haus gebaut, und an einer Ecke steht der Dachüberstand noch ein kleines Stück mit über der Garage. Das ist seit kurzem mein Lieblingsplatz. Von dort oben kann ich alles überblicken, manchmal sogar ohne von den anderen bemerkt zu werden. Ihr wisst doch sicher, dass bei uns Katern derjenige König ist, dem es gelingt, am höchsten zu sitzen – im wahrsten Sinne des Wortes. Dort habe ich einen echten Hochsitz! Auf dem Nachbargrundstück, da wo mein Kumpel Justus wohnt, steht direkt neben der Garage ein hoher Baum. Von seinen Ästen aus komme ich ganz leicht zu meinem Schlupfwinkel, das ist für einen agilen Kater wie mich überhaupt kein Problem.

Es ist ja eigentlich Jonny`s Garage, und ab und zu klettert er da auch mal rauf, aber meistens habe ich da meine Ruhe, und wenn er mich sieht, dann geht er sowieso woanders hin. Unter uns, er ist doch mein Katzenbruder und auch Mitglied unserer

Körnchenknackerbande, aber ich glaube, er hat immer noch ein bisschen Schiss vor mir. Deshalb macht es mir manchmal besonderen Spaß, ihn ein bisschen zu ärgern. So wie vor Tagen, als Brigitta ihn in der Dämmerung unbedingt rein holen wollte. Aber solange ich in der Nähe war, hat sich der Dussel nicht an mir vorbei getraut, und kam deshalb erst ziemlich spät ins Haus. Immer, wenn sie mit der Leckerlidose geklappert hat, um ihn zu rufen, kam ich auch angerannt. Natürlich habe ich dann einige Leckerlis abgekriegt, und Jonny ist jedes Mal wieder abgezischt, wenn er mich sah. Er ist inzwischen ein richtig verwöhntes Prinzchen geworden, da bin ich aus ganz anderem Holz geschnitzt, ehrlich! Aber ich gönne es dem Jonny, denn bevor er hierherkam, hat er es wohl nicht leicht gehabt, wahrscheinlich ist er deshalb immer noch so extrem ängstlich und schreckhaft. Es stimmt nämlich gar nicht, dass wir Tiere nur im Hier und Jetzt leben, wie so viele Leute glauben. Wir können uns sehr wohl an vergangene Zeiten erinnern!

Wir machen uns allerdings weniger Sorgen um das was kommt, und können daher die schönen Momente des Lebens viel intensiver auskosten als viele Menschen. So wie vorgestern, als ich auf Manfreds Auto gelegen und die letzten, herrlich warmen Sonnenstrahlen genossen habe - einfach so. Als er wegfahren wollte, musste ich natürlich schnellstens von da verschwinden. Aber das fand ich nicht schlimm.

Wie alle Katzen genieße ich mein Dasein jedenfalls in vollen Zügen, und ich kann Euch allen nur raten das von uns zu lernen, und es auch zu tun.

Jonny hat 1000 Namen...

Jonny, diesen Namen haben Brigitta und Manfred eigentlich für mich ausgesucht, aber inzwischen habe ich noch ganz viele zusätzliche Namen erhalten. Das sollen alles Kosenamen sein, sagt Brigitta; und auch, dass man nur denjenigen solche Namen gibt, die man sehr gerne hat. Das will ich doch schwer hoffen, oder hat sie mich etwa veräppelt? Ich weiß, das tun die Menschen unter sich gelegentlich auch ganz gern.

Wenn wir beide abends auf dem Sofa sitzen und Pfötchen halten, dann kommt es oft vor, dass sie „Jonny, mein allerliebster, allerschönster, allergrößter Schatz" flötet, und mir dann erzählt, wie froh sie ist, dass ich mein Leben mit ihr und Manfred teile. Dabei hat sie so oft ein ganz besonderes, verdächtig schimmerndes Glitzern in den Augen! Manchmal nennt sie mich bei so einer Gelegenheit sogar ihren kleinen, schwarzen Ritter oder Jonny Plüschohr.

Dann wieder bin ich ihre kleine Eule, weil ich sie mit so riesengroßen, ängstlichen Augen angesehen habe, als ich damals hergekommen bin, wie sie behauptet. Mag sein, das war nicht meine beste Zeit, und ich wusste ja auch nicht, was mich hier erwarten würde, da war ich erst mal vorsichtig, um nicht zu sagen misstrauisch. Mit den Menschen habe ich ja vorher nicht nur gute Erfahrungen gemacht.

Seit einiger Zeit, genauer gesagt, seitdem sie unter die Schriftsteller gegangen ist, meine liebe Katzenmama, hat sie leider nicht mehr so viel Zeit für mich wie früher. Oft sind Manfred und sie auch abends unterwegs, und ich muss allein hier bleiben um das Haus zu hüten. Aber sie möchte ganz vielen Leuten ihre Bücher vorstellen, damit wir alle noch bekannter werden!

„Von nix kommt nix", sagt sie dann, schnappt sich die große, schwarze Tasche mit den Büchern, und weg sind die beiden. Mein Buch ist ja auch dabei, und seitdem es das gibt, habe ich sogar einige ganz spezielle Fans. Die schreiben mir und schicken ab und zu sogar mal Leckerlis für mich - das ist das Tolle am berühmt sein, finde ich! Da nehme ich es dann auch in Kauf, dass ich mal allein bleiben muss. Vor allem dann, wenn sie sich anschließend immer noch genug Zeit dafür nimmt, mit mir ein Stündchen oder länger auf dem Sofa zu verbringen. Unter den Umständen ist das in Ordnung, finde ich. Ansonsten hat sich in meinem Leben durch ihre Bücher nicht allzu viel verändert, und das ist auch gut so. Ich brauche schließlich meine Ruhe!

Mal bin ich sogar Brigitta´s kleines Schwarzwurzelchen oder sie nennt mich ihren Schwarzfußindianer. Klar habe ich schwarze Füße, besser Pfötchen, egal wie gründlich ich die auch putze. Aber Brigitta schimpft nie mit mir deswegen, nicht mal dann, wenn ich den hellen, frisch gewischten Fußboden in der Küche mit meinen noch feuchten Pfötchenabdrücken verziert habe, und sie deswegen noch mal ran muss. Aber was um Himmels Willen ist ein Indianer? Das habe ich bisher noch nicht rausgekriegt. Ist mir aber eigentlich auch ziemlich egal.

Mein Süßer sagt sie ganz oft zu mir, und das ist ganz bestimmt was Nettes, so sehr wie meine Katzenmama Süßigkeiten liebt. Schokolade, Gummibärchen und natürlich auch Kuchen, davon kriegt sie so schnell nicht genug! Kann sie sich aber noch leisten, figurmäßig, sagt Manfred galant. Aber anknabbern lasse ich mich von ihr nicht, das möchte ich hier mal ganz klar sagen! Hat sie zum Glück aber auch noch nicht versucht.

Manchmal bin ich auch ihre liebe kleine Lakritznase, ihr Jonnyboy oder ihr schwarzes Butzebaby. Auch schön! Was sie sich dabei denkt, das weiß ich sowieso nicht, aber ich muss ja nicht alles verstehen, oder? Sie nennt mich ihren Drolling, weil ich sie immer zum Lachen bringe oder tröste, wenn sie traurig ist. Dann ist sie besonders froh, dass es mich gibt, sagt sie! Außerdem bin ich ab und zu ihr Häschen, weil ich genauso da sitze, wie der berühmte Dürer-Hase. Der Albrecht Dürer, das war vor langer Zeit ein sehr bekannter Maler, und der hat einen ganz normalen Feldhasen verewigt, den man immer noch fast überall auf der ganzen Welt kennt. Das war eine tolle Karriere, die der Hasenkerl da hingelegt hat, obwohl er das selbst vielleicht nicht mal richtig mitgekriegt hat. Ist inzwischen sowieso egal, er ist ja längst nicht mehr auf der Welt; der Maler übrigens auch nicht. Und sollte ich mal sooo berühmt werden, das wäre natürlich was, sagt Brigitta. Aber viel Hoffnung macht sie sich darauf nicht. Schade, ich würde es uns allen gönnen!

Ach ja, Jonny Naseweiß, nennt sie mich ganz oft! Kann ich denn was dafür, dass von meinem leckeren Eiersoufflé manchmal ein bisschen an meiner schwarzen Nase kleben bleibt? Nee, na also! Als ich zu Brigitta und Manfred kam, da hat sie mir ganz fest versprochen, dass ich nie mehr Hunger haben werde.
„Wenn nötig, dann esse ich lieber eine Scheibe Brot weniger, als Dir etwas abzuziehen", hat sie damals zu mir gesagt. Deshalb stehen die Dosen mit meinem Lieblingsfutter immer ganz oben auf ihrem wöchentlichen Einkaufszettel, das weiß ich genau! Dieses Versprechen hat sie bisher immer gehalten, denn außer mir,

fressen sich ja auch die Nachbarkater gelegentlich bei uns mit durch.

Nicht nur Tiger, Justus und Motte schmeckt mein Futter, jetzt ist auch noch ein großer, schneeweißer Kater bei uns aufgetaucht. Ein kapitaler Bursche ist das, so wie der aussieht. Gegen so ein Kraftpaket hätte ich wohl kaum eine Chance meinen Napf zu verteidigen. Aber wer mich kennt, der weiß ohnehin, dass ich kein Raufer bin. Ich mag mich einfach nicht prügeln. War noch nie mein Ding, ehrlich nicht! Ich lege keinen Wert auf zerfranste Ohren und so´n Schiet, nee, ich nicht! Außerdem bin ich auch nicht scharf auf außerplanmäßige Besuche beim Tierarzt. Meiner ist wirklich nett und vorsichtig, trotzdem reiße ich mich nicht danach ihn zu treffen - wer tut das denn schon? Na eben, Ihr doch auch nicht!

Als der Enkel von Brigitta und Manfred, Tim, noch klein war, da konnte er anfangs meinen schönen Namen nicht richtig sagen und hat mich immer Onny genannt, aber inzwischen kann er den natürlich schon lange aussprechen. Ab und zu nennen Manfred und Brigitta mich auch so, aber nur aus Jux. Wenn´s ihnen denn solchen Spaß macht - bitteschön!

Vor allem Manfred hat ganz viele Namen für mich erfunden. Sein Ideenreichtum in dieser Hinsicht ist wirklich absolut unerschöpflich! Er ruft mich Hoppeditz, Bolligru oder Lumumba, das war angeblich früher mal genau so ein kohlrabenschwarzer Kerl wie ich. Oder er meint, ich sei sein Don Krawallo, weil ich immer Schwung in die Bude bringe.

Sogar als Killerkralle hat er mich schon mal betitelt! Das ist der allergrößte Quatsch, weil ich doch alles andere als ein großer Jäger bin! Ich gönne mir höchstens ab und zu mal eine fette Spinne, ansonsten fresse ich lieber was so in meinem Napf landet. Manfred sprich von mir auch als Black Box oder Jonny Wegputz, wenn es wieder mal so aussieht, als ob ich nicht satt zu kriegen wäre. Aber ich muss mich doch melden, wenn die anderen Kater mir schon wieder mal alles weggefressen haben. Aufheben kann ich mir hier nix, das ist regelmäßig weg! Aber ich gönne es ihnen natürlich. Sollen sie meine Reste doch fressen, wenn es ihnen bei uns so gut schmeckt. Dafür schaue ich gelegentlich natürlich auch in deren Näpfe, wenn es sich so ergibt.

Außerdem glaubt Manfred allen Ernstes, ich wäre ein Olympionike. Immer dann, wenn ich es eilig habe, durch den Garten fege oder ihm meine Kletterkünste vorführe, sagt er das. Macht mir einfach Spaß, die Turnerei - Manfred leider nicht! Brigitta schimpft deswegen gelegentlich mit ihm, weil sie findet, dass er viel zu wenig Bewegung hat. Das täte ihm sicher gut, meint sie, aber auf dem Ohr ist er leider taub. Ich würde ja gern mal mit ihm ein Wettrennen veranstalten. Wer da wohl Sieger würde? Also, ich habe da nicht wirklich Zweifel, Ihr etwa?

Jonny Wippsteert, das ist auch eine von Manfreds Erfindungen, weil ich meinen langen Schwanz so gut wie nie still halten kann. Warum sollte ich denn? Das machen doch alle Katzen so; die ich kenne jedenfalls! Aus Spaß will er den mal festnageln, und dann protestiert Brigitta sofort. Ich weiß. das würde er nie wirklich versuchen, aber er will meine liebe Katzenmama und mich necken und freut sich jedes Mal, wenn sie wieder mal darauf reingefallen ist.

Er sagt sogar Mafioso zu mir, weil ich bestechlich bin. Doch, das kann ich nicht leugnen, wer mir ein Leckerli mitbringt, der ist erst mal mein Freund. Brigitta findet das allerdings nicht so toll, weil sie meint, dass nicht alle Leute nur gute Absichten haben. Ich soll mich mehr in Acht nehmen, meint sie, aber in unserer lieben, kleinen Straße, da sind doch alle nett! Manfred nennt mich außerdem seinen

Kullerkeks und ich bin sein „echter Volmerdingser-Kurzhaarkater". Was will man mehr? Denn damit hat er schließlich eine spezielle, ganz neue Rasse für mich erfunden. Weil ich mich so gern ausruhe, bezeichnet Manfred mich auch gern als Siebenschläfer oder er sagt zu mir Jonny Schlummerbacke, stellt Euch das mal vor! Ich hab´s ja schon erwähnt, er hat unglaublich viel Phantasie.

Am schönsten finde ich es aber immer noch, wenn Brigitta und Manfred einfach nur Jonny zu mir sagen, da bin ich ganz sicher, **das** ist lieb gemeint! Aber was sie sich auch noch einfallen lassen mögen, eines steht felsenfest: Ich werde sie immer lieb haben und sie mich auch! Ich weiß schon lange, nur darauf kommt es wirklich an!

Immer wieder Jonny...

Meine Katzenmama Brigitta hat ja schon oft über mich geschrieben, ich weiß ja, sie kann´s einfach nicht lassen! Aber, was sie Euch jetzt berichten will, das ist wirklich der Hammer!

Also, das war so: Ich hatte mich schon einige Zeit nicht mehr so recht wohl gefühlt, hatte Probleme mit der Verdauung. Ich weiß, darüber spricht man im Allgemeinen nicht, daher habe ich mir ja auch lange nix anmerken lassen. Aber irgendwann konnte ich mir nicht mehr anders helfen, als ständig meine Mahlzeiten rückwärts zu frühstücken. Das ist ihr natürlich aufgefallen, aber sie hat nie mit mir geschimpft, wenn sie die Schweinerei beseitigen musste. Manfred und sie haben sich Sorgen gemacht und sind mit mir zu unserem Tierarzt gefahren. Der meinte zuerst, ich hätte wohl einen Magen-Darm-Virus eingefangen und hat mir eine Spritze gegeben, die das

Übergeben stoppen sollte. Hat sie auch, zwei ganze Tage lang, aber dann ging es wieder los. Also wieder ab in die olle Box und hin zum Tierarzt. Dieses Mal wollte er der Sache auf den Grund gehen. Daher hat er mir Blut abgezapft, ein Röntgenbild von mir gemacht und dann wurde mir der Bauch rasiert, damit er per Ultraschall, so heißt das, in mich reingucken konnte. Dazu musste ich mich auf den Rücken legen lassen, bekam so ein blödes, kaltes Gel auf die rasierte Stelle und dann ging´s los. Auf einem Monitor konnte man dann sehen, wie es tief drinnen in mir ausschaut. Das hat die Frau meines Tierarztes gemacht. Die ist schließlich auch Tierärztin, und sie hatte eine schlimme Diagnose gestellt. Die meinte nämlich, ich hätte lauter Tumore in meinem Bauch. Ich habe ja nur die Hälfte von dem verstanden, was die beiden Ärzte mit Brigitta besprochen haben, aber ich habe gesehen, wie sie angefangen hat zu weinen, meine liebe Katzenmama. Anschließend ist sie heulend mit mir aus der Praxis gewankt.

Ich war nur froh, es endlich hinter mir zu haben. Der Doktor hatte ihr Tabletten für mich mitgegeben, aber dagegen habe ich was. Die wollte ich gar nicht erst schlucken. Mit ganz viel Mühe und einigen Tricks haben sie es natürlich doch geschafft, die Pillen in mich reinzukriegen. Aber das war Brigitta nicht genug. Sie wollte unbedingt eine zweite Meinung. Also hat sie Himmel und Hölle in Bewegung gesetzt, mit ganz vielen Leuten geredet, und am Ende sind wir in einer anderen Praxis gelandet, die eine gute Freundin von ihr uns empfohlen hat. Ulrike ist sogar mitgefahren, was ich ganz besonders nett von ihr fand.

In der neuen Praxis war eine Tierärztin. Da musste ich dann das volle Programm noch mal absolvieren. Aber was blieb mir übrig? Meiner besorgten Katzenmama zuliebe habe ich auch das anstandslos mitgemacht. Die Tierärztin und ihre Sprechstundenhilfe waren ganz erstaunt wie gut ich da mitgespielt habe, das ist wohl nicht immer so. Aber ich wusste ja, sie wollten alle nur mein Bestes.

Bei dieser zweiten Untersuchung hat die Tierärztin gesehen, dass mein Darm komplett voll war, und ich ständig alles wieder ausgespuckt habe, weil ich es auf natürlichem Weg ja nicht loswerden konnte. Deshalb hat sie mir einen Einlauf verpasst – igitt! Da habe ich doch protestiert, was Ihr sicher verstehen könnt. Danach sollte ich zur Beobachtung einige

Tage bei ihr in der Praxis bleiben, aber sie hat versprochen, Brigitta und Manfred jeden Tag kurz anzurufen, damit sie beruhigt sein können und wissen, dass es mir gut geht. Na ja, toll fanden sie das keineswegs, und ich sowieso nicht, aber wir haben alle eingesehen, dass es in dem Moment das Beste war. Außerdem wollte sie mein Inneres mithilfe von dem Ultraschallgerät noch mal angucken, wenn mein Darm sauber war. Daher mussten wir uns schnell trennen, bevor der Einlauf zu wirken begann. Das war wirklich eine unappetitliche Sache, aber danach fühlte ich mich erst mal ein bisschen erleichtert.

Habe dann auch gefressen was ich vorgesetzt bekam, aber in der Nacht kam leider trotzdem alles dann wieder raus. Schrecklich, das war mir so peinlich! Aber ich konnte ja wirklich nichts dafür. Dann wurde ich noch mal geröntgt, und dabei hat die Tierärztin gesehen, dass ich eine schlimme Entzündung im Magen hatte. Um die zu beheben, bekam ich eine

Spritze und Infusionen verpasst. Weil ich wusste, dass sie mich gesund machen wollte, habe ich das alles über mich ergehen lassen. Und klar, natürlich habe ich Brigitta und Manfred vermisst, aber ich wusste genau, die denken zuhause ganz tüchtig an mich. Außerdem wollte ich ihnen nicht zusätzlich Kummer machen, indem sie sich deshalb noch mehr um mich sorgen mussten. Ich kenne doch meine liebe Katzenmama, die dreht komplett durch, wenn mir etwas fehlt.

Nach der zweiten Nacht bei der Tierärztin habe ich mein Futter zum Glück bei mir behalten. Das war ein gutes Zeichen, und die Tierärztin war sehr zufrieden mit mir! Die Ergebnisse meiner Blutuntersuchung waren fast alle gut, wie sie erfreut feststellen konnte. Nur zwei Werte waren nicht ganz in Ordnung, aber das ist nicht so dramatisch, hat sie zu Manfred und Brigitta am Telefon gesagt. Und wenn weiterhin alles gut ginge, dann dürfte ich am nächsten Tag nach Hause geholt werden, das hat sie auch versprochen. Demnächst sollen meine Blutwerte noch mal kontrolliert werden, und wir müssen wieder zu ihr kommen. Dann muss ich mir nochmal Blut abzapfen lassen. Na ja, wenn´s mehr nicht ist, das schaffe ich mit dem linken Pfötchen, denke ich. Aber als die Ärztin mir eine Pille verabreichen wollte, da habe ich gestreikt. Nur mit einem Trick hat sie es am Ende doch geschafft. Damit es mir weiterhin gut geht, soll ich von jetzt an täglich so eine Tablette schlucken. Ich fürchte, damit werden wir drei zuhause aber noch richtig Stress kriegen...

Außerdem hat meine neue Tierärztin angeordnet, dass ich meine sanitären Belange in Zukunft möglichst zuhause erledigen soll, damit Manfred und Brigitta sehen ob und wie das klappt. Das finde ich natürlich ziemlich blöd, wie Ihr Euch sicher denken könnt. Können die mir in dieser Sache nicht einfach vertrauen? „Vertrauen ist gut, Kontrolle ist besser!", hat Brigitta dazu nur gesagt.

Und sie will mich jetzt immer erst raus lassen, wenn ich mein Katzenklo benutzt habe. Also, ich finde, man hat´s nicht leicht in der Katzenallee, vor allem, wenn man so besorgte Katzeneltern hat!

Leider wurde unser Jonny ein knappes Jahr später erneut sehr krank, aber dieses Mal war er nicht mehr zu retten. Er war unser Ein und Alles. Wir verdanken ihm so viel Glück und Freude! Der Entschluss, ihn gehen zu lassen, war unglaublich schwer, und der Schmerz darüber wird wohl nie ganz vergehen...

Tiger´s Abschiedsgruß

Hallo, alter Kumpel!
Ich dachte ja, mich trifft der Schlag, als ich Dich so regungslos in Deiner Box liegen sah, und Deine Katzenmama weinend daneben stand. Zugegeben, wir haben uns nicht immer super verstanden, und ich habe Dich ab und zu ganz schön geärgert oder Dir Angst gemacht. War nicht nett, ich weiß, aber ich war immer ein bisschen eifersüchtig auf Dich und Dein schönes Zuhause. Deine Katzeneltern haben Dich sehr geliebt, Dich verwöhnt und getan was sie konnten, um Dir ein schönes Leben zu bieten – und ich? Verflixt noch mal, habe ich das etwa nicht verdient? Mir hat das Schicksal übel mitgespielt. Nicht umsonst bin ich so geworden wie ich bin, eben ein Streuner. Ich musste mich ja fast von Anfang an allein durchschlagen, das war nicht immer leicht, das kannst Du mir glauben. Einige Male dachte ich schon, ich hätte ein Zuhause gefunden, aber dann gab es immer irgendeinen Haken und die

Sache ging daneben. Nachdem ich sah, wie traurig Deine Katzenmama war, habe ich versucht sie zu trösten, das doch das Mindeste was ich tun konnte, schließlich war sie ja auch immer nett zu mir. Manche Leute denken bestimmt, ich habe versucht mich bei ihr einzunisten. Um ehrlich zu sein, ganz uneigennützig war das auch nicht. Sie braucht Trost, und ich jemanden der sich um mich kümmert, aber ohne meine Freiheit zu beschneiden. Ich werde Dich nie ersetzen können, das hat sie gesagt, und das will ich auch gar nicht. Du warst eben Jonny, und ich bin Tiger, so einfach ist das. Ich möchte geliebt werden, so wie ich eben bin, mit allen Ecken und Kanten. Hätte ich ja nie gedacht, aber ich vermisse Dich und hoffe, Dir geht es gut - wo immer Du auch bist.
Also, mach´s gut, alter Junge.

Es denkt an Dich

Tiger

Danke Manfred – was täte ich

nur ohne Dich?

Die Autorin lebt mit ihrem Mann und Kater Tiger in einer kleinen Kurstadt am Rande des Wiehengebirges. Momentan ist sie gerade dabei, ihre dunkle Seite zu entdecken. Das heißt, es wird demnächst auch einige Katzenkrimis geben. Außerdem warten noch etliche andere Projekte der Autorin auf ihre Veröffentlichung.

Bleiben Sie also gespannt und schauen ab und zu auf die Webseite der Autorin. Dort gibt es zu allen Büchern Leseproben unter

www.brigjttarudolf.jimdo.com

mail: brigitta-rudolf@gmx.de

Bisher von Brigitta Rudolf erschienen:

Katze für Anfänger
ISBN 9783735774316

Jonny Appetito, ein Kater wie er im Buche steht
ISBN 9783734791321

Pfötchenspuren
ISBN 9783741288197

Katzenträume
ISBN 9783744832960

Vier schwarze Pfötchen und ein langer Schwanz
ISBN 9783752888072

Ciao Bello
ISBN 9783749429349

Wussten Sie, dass Dornröschen eine Katze hatte?
ISBN 9783746091358

Kriminelle und andere Machenschaften
ISBN 9783744823418

Kleine Lebenssplitter
ISBN 9783746089362

Weihnachten … alle Jahre wieder
ISBN 9783741288197

Engel trifft man überall
ISBN 9783746013855

Weihnachtsglück auf leisen Pfötchen
ISBN 9783748147152

Tannengrün, Lichterglanz und Katzenschwanz
ISBN 9783749498314

Mord in unserer kleinen Kurstadt?
Tod in der Kältekammer
ISBN 9783752898897

Oma in Jeans
ISBN 9783751901642

Neues aus der Katzenallee und anderswo
ISBN 9783751959391

Zuhause im Katzencafé
ISBN 97837526122202